KB057280

생각을
시 詩 로 물들이다

# 생각을 시로 물들이다

**펴낸날** 2019년 3월 12일

**지은이** 천안동성중학교 1학년 학생들, 한경화
**펴낸이** 주계수 | **편집책임** 이슬기 | **꾸민이** 유민정

**펴낸곳** 밥북 | **출판등록** 제 2014-000085 호
**주소** 서울시 마포구 양화로 59 화승리버스텔 303호
**전화** 02-6925-0370 | **팩스** 02-6925-0380
**홈페이지** www.bobbook.co.kr | **이메일** bobbook@hanmail.net

© 천안동성중학교 1학년 학생들, 한경화, 2019.
ISBN 979-11-5858-528-0 (03810)

※ 이 도서의 국립중앙도서관 출판시도서목록(CIP)은 e-CIP 홈페이지(http://www.nl.go.kr/cip)에서 이용하실 수 있습니다. (CIP 2019006845)

책쓰기로 키우는 작가의 꿈 시리즈 ③

생각을

시 詩 로 물들이다

천안동성중학교 1학년 학생들
& 국어쌤 한경화

밥북
B·OO·K

이 시집은 천안동성중학교 1학년 학생들이 자유학년제
를 보내며 본 교사가 기획한 **'문학의 숲을 거닐다 작가를 꿈
꾸는 국어수업'** 프로젝트를 통해 만들어진 순수 창작시집입
니다.

학생들은 문학 단원을 통해 시의 비유와 상징에 대해 배
우며 시를 이해한 뒤 이를 바탕으로 1학기 '사진 시 쓰기 수
업'과 2학기 주제통합 수업 주간에 진행한 '낙엽 시화 제작'
수업을 통해 시를 쓰고 완성하였습니다.

7월에 진행된 '사진 시 쓰기 수업'에서 학생들은 쏠라리
움 카드를 책상 위에 펼쳐놓고 내 마음을 사로잡은 사진 1
장을 골랐습니다. 활동지에 사진을 붙이고 사진의 내용과
특징, 느낌 등을 파악한 뒤 주제를 정하고 비유적 표현과
운율을 살리며 시의 형식에 맞게 내 마음을 담아 시(詩)를
썼습니다. 신나게 사진을 고르던 학생들의 천진난만한 미소
와 생생한 표정들이 지금도 눈에 선합니다.

11월 주제통합수업 주간에 1학년의 주제인 〈사랑〉에 맞
게 가을, 낙엽, 시, 낙엽, 꿈에 대한 사랑을 표현하는 '낙엽
시화 제작' 수업을 진행했습니다. 수업 내용의 특성상 국어
시간에 시를 다시 고쳐 쓰고, 심미적 기능을 강조하는 낙엽

시화는 미술 교과와의 융합 수업으로 디자인하여 '주제통합/융합 수업'으로 진행하였습니다.

늦가을, 낙엽이 세상천지에 흩날릴 때, 아이들은 운동장을 돌아다니며 친구들과 낙엽을 주웠습니다. 국어책 속에 낙엽을 꽂아놓고 낙엽이 마르기를 일주일을 기다렸고, 낙엽이 가늘고 윤기 있게 말랐을 때 시를 다시 한 번 점검하고 수정한 후 모둠 친구들과 재잘재잘 수다를 떨며 자신만의 개성 있는 낙엽 시화를 만들기 시작했습니다.

저마다 자신의 삶을 노래하는 시와 어울리게 낙엽을 붙이고, 낙엽을 잘라 비행기나 풍선을 만들기도 하며 창의적인 낙엽 디자인 속에 꿈과 사랑을 담았습니다. 그렇게 자신만의 개성과 시적 느낌을 담은 '나만의 낙엽 시화'를 완성하였고, 만추의 아름다운 계절에 천안동성중학교 1학년 학생들 모두는 멋진 시인들이 되었습니다.

1학년 학생들을 사랑하는 국어쌤 한경화

선생님~
이 시가 이 사진에 맞는 것 같아요?
음~ 시 참 좋다!
그런데 비유적 표현이 하나밖에 없네
직유법은 있으니 다른 비유적 표현을 하나 더 써 봐

선생님~
여기에 뭘 더 써야 할지 모르겠어요
음~ 어떤 내용을 더 쓰고 싶은데?
네 생각을 말해봐
…
그거 좋다!
그 내용을 더 써 봐

선생님~
아무래도 이 부분이 이상해요
음~ 뭐가 이상한데?
제 생각은 이건데 시에는 그걸 표현 못 하겠어요
선생님 생각엔 잘 표현한 것 같은데!

선생님~
사진 시 쓰기 너무 재미있어요
낙엽 시화 짱 좋아요
음~ 선생님은 그런 너희들이
참 예쁘다

# 차례

## 1학년 3반

## 1학년 4반

1학년 1반 |

장난기가 많은 친구들
에너지 넘치는 친구들
그래서 수업 시간이면
여기저기 웃음이 넘쳐
늘 시끌벅적했던 1반

# 불꽃놀이

_고은지

펑! 펑!

불꽃놀이가 시작되었다
불꽃놀이가 번쩍번쩍 빛난다
괜스레 웃음이 난다

한편으로는 축제 같고
한편으로는 내 마음속
깊은 곳 같다

어두컴컴한 내 마음속
깊은 곳을 비춰주는
밤하늘의 폭죽

# 오후

_ 김가영

하늘에 떠 있는 해
햇빛이 벤치에 쏟아진다
한 줄기 희망처럼

아름다운 단풍나무
단풍이 벤치에 흩날린다
하늘에 내리는 눈같이

반짝반짝 호수
내 마음도 빛난다
내 기억도 빛난다

# 친구

_ 김문비

친구는 햇살처럼
따뜻하고 살가운 존재
심장 같은 존재이다

친구는 상담사처럼
고민을 도와주는 해결책
마법사 같은 존재이다

친구는 내 편을 도와주는
엄마의 품 같은 존재
포근한 친구

# 등대

_ 김승현

등대는 내 마음 한구석 같아
한 줄기 빛이 돌고 돌아
내 마음도 완전히 어둡지 않고
조그마한 빛이 남아있어

등대는 부엉이 같아
부엉이는 야행성을 갖고 있어
등대는 아침엔 쉬고
밤에는 활동을 하는 것 같아

등대는 야간근무를 하나 봐
마치 우리의 안전을 지켜주기 위해
야간근무를 하는 경찰처럼
내 마음에 빛을 비추지

# 스푼

우리는 스푼처럼
둥글어져야 한다
그래야 지식을
뜰 수 있다

우리는 스푼이다
지식을 뜰 수 있는
스푼이 되어야 한다

우리가 지식을 뜰 수 있는
스푼이 된다면
우리는 지식을
얻을 수 있을 것이다
그러기 위해 노력하자

16 · 생각을 시로 물들이다

# 영원히

_ 김혜린

오래오래 같이 살자
무슨 일이 있어도 같이 가자
영원히 빛나는 별빛처럼
우리도 빛나는 밤하늘의 별이 되자

서로 이해하며 살아가자
우리 함께 영원한 사랑을 하자
우리는 절대 떼려야 뗄 수 없는
거북이와 거북이 등껍질이 되자

우리 영원히 살아가자
우리가 편히 눈감기 전까지
평생 사랑하자
편히 눈을 감기 위해

# 만날 수 있을까

만날 수 있을까?
아니면 못 만날까?

오늘도 못 만나는 가족
소중한 가족

나는 오늘도 빗물처럼 운다
빗물이 되어 같이 운다

우리 가족은 어떻게 생겼을까?
아니면 가족이 없는 걸까?

오늘은 만날 수 있을까?
아니면 못 만날까?

난 오늘도 가족사진을
보고 또 본다

언젠가는 소중한 가족을
만날 수 있을까?

# 혼자 남은 의자들

_ 류재림

오늘도 혼자 남은 의자들
한 사람이 뚜벅뚜벅 걸어와
의자에 앉는다

한 사람 한 사람
의자에게 다가와 앉아 있다가
한 사람씩 떠나간다
나비처럼 날아간다

오늘도 똑같이 혼자 남은 의자들
참 외롭다… 외롭다
어떤 의자가 다가온다
토닥토닥 엄마처럼 위로한다

의자들은 하나둘씩
비처럼 운다
폭포처럼 운다

의자들의 마음은 똑같다
외롭지 않게
사랑을 많이 받는 의자가
되고 싶은 것인데

하지만 오늘도 혼자 남은 의자들

# 폭죽

_ 박순영

궁전에서 폭죽이 터진다
펑펑 터진다 끊임없이 터진다

공주와 왕자는 춤을 춘다
백조같이 우아하게 춤을 춘다

왕자와 공주는 미소를 짓는다
마치 밤하늘에 별처럼 빛난다

다음날이 되기를 기다린다
폭죽은 다시 펑펑 터지고

그 폭죽은 공주와 왕자를
백조처럼 아름답게 빛내주었다

# 행군

_ 박재건

유격의 꽃이 핀다
조국과 함께 걷는다
비가 와도 맞아주자 다 같이
그리고 다 같이 막아주자

비를 막아주는 우산처럼 막아버리길
죽어도 같이 죽으리
행군하며 군가를 부르자
가족 생각을 하며 행군하자

사랑은 뜨겁게
나는 사나이다
멋진 이등병
나도 이제 군인이다

# 한식

_ 박재성

한국의 전통 한국 음식
너무 맛있는 한식

마치 재성이의 에너지처럼
에너지를 보여준다

같이 먹다 둘 아니 셋이 죽어도
모를 만큼 맛있는 한식

나는 그런 한식이 너무 좋다
맛도 있고, 건강도 챙기고
일석이조

# 친구

_ 박해민

함께 가자 친구야
같이 손을 맞잡고
저 세상 끝까지
도달할 때까지 가보자
끝이 없는 레이저처럼

가끔은 힘들지만
같이 가보자
지평선 끝까지
도달할 때까지 가보자
앞만 보는 거북이처럼

세상의 끝에 도착하면
새로운 목표를 만들자
내가 만들어 볼까?
함께 이야기해 보자

그때 너는 알게 되겠지
자신의 목표만 갖고 살았구나
터벅터벅 걸으며 말해보자
사랑한다 친구야

# 기도

_ 서욱한

한 남자가 예수님께 기도한다
간절한 소망을 담아
아이를 낳는 부모처럼 기도한다

한 남자가 예수님께 기도한다
성취하고 싶어 하는 마음을 담아
시험 보는 수험생처럼 기도한다

그렇게 간절히 기도했건만
그렇게 바랐건만
남자의 소망은 안 이루어진다

한 남자는 오늘도
간절한 소망을 담아
기도하고 또 기도한다

# 연결고리

_ 오지은

이건 너와 나의 특별한 연결고리
너의 대답을 기다리고 있다
난 너에게 말을 걸어본다

'뭐해? 오늘 어땠어?'
이래 봤자 대답이 오지 않는다

아무래도 너와 나의
연결고리는 끊긴 것 같다
여기서 끝인 건가…

# 시작

태어날 때의 시작
입학할 때의 시작
졸업할 때의 시작

취업의 시작
승진의 시작
은퇴의 시작

차가운 비석처럼
차가운 시작
죽음

# 복수는 나의 것

친구들이 얼음같이
차갑고 바다처럼 맑고
푸르른 물을 뿌린다

나와 예은이는 꿀 먹은
벙어리처럼 한없이
물을 맞고 있다

나와 예은이는
복수 작전을 짜기
위해서 잠시 타임을 한다

소곤소곤 개미만 한
목소리로 복수 작전을
짠 뒤에 다시 시작했다

30 · 생각을 시로 물들이다

좌르륵 좌르륵
나와 예은이는 복수 작전을
실행하며 물놀이를 했다

두 손을 모아 짠 작전은
성공적으로 끝났다
역시 복수는 나의 것이다

# 마음속 문

봉인되어 있는 공간
헝클어져 있는 나뭇가지
마치 내 마음속처럼

저 문을 열면 뭐가 나올까
환한 빛이 나올까
으스스한 귀신이 나올까

만약 환한 빛이 나온다면
우리의 마음속이 환해지듯이
환한 빛이 나온단다

# 빛나는 등대

_ 이동규


하늘은 어둡지만 등대는 빛이 난다
커튼 사이로 보이는 빛처럼


등대도 빛이 난다
뒤에 있는 별들도 하나같이 빛이 난다


등대가 반짝반짝 빛이 난다
정말 아름답다


위치를 알려주는 등대
누가 사는지 집이 있다

# 새싹들의 생각

_ 임동현

새싹들은 어두운 생각을 한다
내 꿈은 무엇인가?
내 꿈을 위해 난 무엇을 해야 될까?
그리고 나는 무엇인가?


새싹들은 생각한다
저기 있는 동상처럼
새싹들은 생각한다
질풍노도의 청소년들처럼


나는 어떻게 살아야 할까?
난 무엇을 해야 할까?
새싹들은 생각이다

# 밤하늘

_ 임예은

오늘 하늘은 어떨까
반짝반짝 반지처럼 빛날까
흐릿한 안개처럼 흐릴까

밖에 나가보자
궁전처럼 으리으리한
무지개 빛깔 큰 성

커다란 성 옆에
연꽃처럼 예쁘게
펑펑 터지는 폭죽

궁전처럼 큰 성
연꽃처럼 예쁜 폭죽

오늘 밤하늘 멋지다

# 기도

_ 전지혜

천사같이 하얀빛이
한 아이를 비춰준다

하얀빛 앞에 아이는
열심히 기도한다

아이의 기도 내용을 몰라도
백조같이 순결한 마음일 것 같다

난 엄마처럼 그 아이의 소원이
이루어지기를 함께 기도한다

# 노을

_ 조명환

낮도 아니다
밤도 아니다
붉은 장미 같은 노을

기분이 좋지 않다
기분이 나쁘지 않다
나의 기분 같은 노을

낮도 아니고 밤도 아닌
기분이 좋지도 나쁘지도 않은
노을 같은 기분이 좋다

그리 뛰어나지도
그리 빛나지도 않은
노을 같은 기분을 누리자

# 한 끼 식사

_ 최동훈

배고파서 식당으로 들어간다
음식은 섬처럼 따로따로 나온다

접시의 음식을 먹을 때마다
새로운 섬들이 입안에서 생긴다

나는 바다를 누비는 항해사다
한 개씩 한 개씩 섬에 도착할 때마다

새로운 맛 신맛 단맛 쓴맛 매운맛
섬마다 새로운 맛이 느껴진다

# 밥상 위의 접시들

_ 최명주

밥상 위의 접시들
접시 위의 밥상
접시 위엔 음식
음식 위에 맛

그 맛은 알록달록
음식도 알록달록
버섯은 쫄깃쫄깃
찌개는 따뜻따뜻

나물은 쓰지만
음식은 맛있다
쉴 틈 없는 젓가락
쉬고 있는 숟가락

그 밥상은 천국

그 맛들도 천국

건강 만점 밥상

맛도 최고 음식

1학년 2반 |

생각이 많은 친구들
욕심이 많은 친구들
그래서 수업 시간에
항상 최선을 다하는
모습이 돋보이던 2반

# 음식

_ 고장서

음식은 맛이 있다
어떤 음식이라도
음식 같은 맛이 있다

음식은 사람이다
음식도 여러 가지 맛이 있고
사람도 여러 종류의 사람이 있다

우리는 어떤 맛일까
음식은 우리보다 더 나을지도 모른다
우리는 과연 음식보다 나을까

# 놀이공원

반짝반짝 빛나는 조명
팝콘처럼 팡팡 터지는 폭죽
빙글빙글 돌아가는 놀이기구

빠르게 돌아가는 놀이기구는 팽이
관람차도 빙글빙글 돌아가네
롤러코스터도 씨~잉 떨어지네

어릴 때나 지금이나
놀이공원은 나에게
추억이고 행복이야

**1학년 2반** · 43

# 건강한 밥상

_ 권가은

상 위에 차려져 있는 음식들
옛날 왕들이 먹었을 것 같은
건강한 밥상

맛좋은 우리나라의 김치
살아있는 듯한 낙지와 굴비
몸에 좋은 나물들

냠냠 쩝쩝 맛있게 씹으면
몸이 건강해지는 소리가
조용히 들려오네

# 결혼

_ 김시은

꽃잎이 내린다
즐겁게 춤을 추며
흔들흔들 내린다

조명이 빛난다
별같이 반짝거리며
깜박깜박 빛난다

하객들이 밝게 축하를 해준다
밝은 불꽃이 터지는 것처럼
축하를 해준다

신랑 신부가 웃는다
밝은 해님이 웃는다
행복하게 웃는다

# 기도

한 남자가 있었어
그 남자는 마치 생각하는 동상처럼
우뚝 서서 기도를 했지

그 남자는 간절하게 기도했지
무슨 슬픈 사연이 있는 것 같은
사람처럼 슬퍼했지

그 남자는 매일
기도하는 동상처럼 기도했지
슬픈 사연이 해결되겠지

# 붉은 노을

햇빛이 보인다
반짝반짝 햇빛
같이 보자 다 같이
햇빛이 벅차다
나도 벅차다

산이 보인다
울퉁불퉁 북한산
같이 보자 모두다
산이 반갑다
나도 반갑다

구름이 보인다
몽글몽글 구름
모두 보라 함께
구름이 운다
나보고 운다

노을이 보인다
함께 보라 모두다
노을이 멋있다
나도 멋있다

# 연인

_ 박주혁


우리는 손을 잡는다
우리는 손을 잡았다
우리는 손을 잡았었다


폭포 아래서 마주 잡은 두 손
폭포 아래서 웃고 있는 우리
이렇게 항상 웃으면 좋겠네


이 손 놓지 않으리
항상 잡고 있는 두 손
항상 웃고 있는 우리

# 불꽃놀이

주황색 불꽃
팡팡 터지는 팝콘처럼
예쁘고 멋진 불꽃

불꽃이 터지는 순간
모인 사람들이
짝짝짝 박수를 친다

불꽃을 보러 온 사람들은
모두 다 활짝 웃는다
방긋방긋 웃는다

# 여행

_ 서한솔

둥실둥실 떠 있는 구름
새처럼 쌩쌩 날아다니는
멋있는 비행기

파란 하늘 나의 길
구름 뚫고 나가네
씽씽~ 쌩쌩~

우사인 볼트같이
빠른 비행기
따라잡을 사람
하나 없네

# 자연의 아름다움

둥실둥실 떠 있는 구름이 아름답다
울퉁불퉁 알록달록 바위는 멋있다
움푹 파여있는 협곡이 신기하다
세 가지 풍경의 조화가 아름답다

저 풍경이 생기기까지
얼마나 오랜 시간이 걸렸을까
자연은 정말 위대하다
자연 앞에선 사람은 한낱 먼지 같다

자연은 정말 소중하다
자연이 없으면 어떡하지
자연을 지키자
자연의 아름다움을 간직하자

52 · 생각을 시로 올올이다

# 휴식

_ 양호린

열심히 일한 당신
조금은 휴식이 필요한 당신
태풍처럼 힘듦이 밀려올 땐
휴식을 취해도 좋아요

창문 밖으로 보이는 해도
서서히 얼굴을 숨기듯
당신도 서서히 눈을 감아요

하루의 끝 해가 질 때
당신도 하루를 마감해요
가끔은 아무 생각 없이
편히 쉬어요

# 터널

_ 오필재

더럽고 검은 것
끝이 있는 것

그것은 바로 터널

옥수숫대처럼 길고
코끼리처럼 큰

그것은 바로 터널

하늘처럼 길고
땅속처럼 검은

그것은 바로 터널

# 재미있는 축구

축구 축구 축구
너무나 하고 싶은 축구
재미있는 축구

신나고 열정적이고
너무나 신나고 재미있는 축구
자꾸 하고 싶은 축구

선수들이 하는 것 보면
나도 하고 싶다
재미있는 축구

# 웃음

_ 이예나

여자아이가 깔깔 웃는다
해피바이러스처럼
해피바이러스에 감염되어
잔디들도 깔깔 웃는다

불같이 무더운 여름에도
여자아이는 웃는다
옆에서 사람들이 싸우면
여자아이는 웃는다

그러자 싸우던 사람들이
해피바이러스를 보았다
감염되어 깔깔 웃는다
빙그레 웃는다

# 일출

_ 장유진

해가 떠오른다
단무지처럼 둥근 해가

해가 떠오른다
구름같이 두둥실

해가 떠오른다
방긋방긋 해맑게 웃으며

빨간 해 빨간 하늘
나도 같이 떠오르고 싶다

# 등대

_ 전용현

푸른 바다 위 등대
외로워 보이네
언제쯤 손님 올까
기다리면 외롭지 않네

밀물로 몰려드는 파도와
썰물로 떠나는 파도 사이에
등대는 언제나
만남이 된다네

그 누가 외롭다 해도
밀물 썰물이 있는 한
백 년 만 년 지나도
외롭지 않다네

# 끝

_정가온

사람의 시작 생명의 끝
그 끝이 죽음이요 과정이 어떻든
여명이 다하면 끝이다

과정이 달라도 끝은 같다
사람은 세이브 따윈 할 수 없다
되살아 날 수도 없다

모든 생명은 죽으니
모든 게 땅으로
사람은 돌 밑으로 돌아간다

# 엄마 손 아기 손

_ 정시현

뽀얀 아기 손
뽀얀 엄마 손
마주 잡네

이 손 놓으면
아기가 엉엉 우네

엄마는 아기 울까
괜히 손잡고
아기는 엄마 손 놓지 않으려
꼭 붙잡네

하늘하늘한 아기 손
탱탱볼 같은 아기 손
너무 귀엽네
엄마 손은 거인 손 같네

# 구름

_ 조항민

드넓은 바다에
저 흰색 배가
구름처럼 날아다닌다

하늘에 구름이 떴다
푸른 배경에 흰색 구름이
정말 예쁘다

구름이 웃는다
그걸 본 푸른 하늘도
구름 따라 웃는다

구름을 본 내 마음이
구름처럼 맑아진다
구름도 어떤 기분일지 궁금해진다

# 모습

_ 주경란

그림들이 춤을 춘다
즐거운 마음이 가득가득

마치 그림이 술 취한 사람들 같다
그림도 덩실덩실
사람도 덩실덩실

사람들과 그림은 싱글벙글
모두 행복하다

그림이 상징하는 건
제각각 살아가는 모습 같다

# 스트레스

_ 한주희

구름이 나에게
너의 스트레스를 내가 가져갈게
라고 말했다

가져간다고 한 구름
오늘 비와 번개가 쳤다
비는 나의 흐르는 눈물처럼
번개는 내가 내는 화처럼

그날 구름은 날 대신해 울어 줬다
그리고 화를 내줬다

나는 비 오는 날이 좋다
나의 스트레스를 마치 자기 것처럼
대신 풀어주니까

1학년 3반 |

밝고 순수한 친구들
착하고 예쁜 친구들
그래서 수업 시간에
미소를 머금게 하는
순간이 많았던 3반

# 기도

늘 속으로만 했던
마음으로만 했던
그의 간절한 기도


마치 동상처럼 가만히 앉아
속으로만 마음으로만 하는
그의 간절한 기도


기회가 있다면
제발 다시 기회를 달라고


후회하는 그 순간으로 다시
돌아가고 싶어 하는
그의 간절한 기도

# 시계와 다른 사람

_ 김서연

디자인이 모두 다른 시계
시간마저 모두 다른 시계
우리들도 모두 다 그렇다

생김새가 모두 다른 사람
나이마저 모두 다른 사람
시계들이 방을 채운 것처럼

우리들도 지구에서
뭉쳐 살아간다
겨울을 맞이하는 개미처럼

# 둥둥 비행기

_ 김온정

하늘하늘 파란 하늘에
높게 떠오른 비행기
반짝반짝 빛나는 별처럼
비행기와 하늘도
꿈과 희망을 담고 있겠지

비행기도 나를 보고
밝게 웃는 것 같아서
하늘도 나를 보고 손을
흔들어 주는 것 같아서

나도 비행기와
맑다란 하늘에게
활짝 웃으며
손을 흔들어 준다

내 미래의 꿈과
희망을 위해서

# 사랑

은은한 폭포 소리
마치 사랑의 멜로디 같다

우리를 비추는 따뜻한 햇살은
마치 우리의 따뜻한 사랑 같다

우리가 함께 붙잡고 있는 손은
이불처럼 정말 따뜻하고 포근하다

우리를 비추고 마주하고 있는 것이
그 사람과 함께여서 행복하다

68 · 생각을 시로 물들이다

# 창문

_ 김채영

굳게 닫힌 너의 창문
얼음처럼 차가운 눈빛
아무리 두드려도
더 이상 열릴 것 같지 않아

가시 많은 나무 덩굴
너의 상처는 가시 같아
다가가면 찔릴까
다가가면 아플까

그런데, 친구야
한 번만 창문을 열어주지 않을래?
창문 밖 세상은
너의 상상보다 훨씬 더 파랗단다

그러니 그 창문을 열고
나를 향해 웃어줄래?

# 아이와 동물

_ 김태욱

아이와 동물이 있었다
아이들이 동물에게 다가와
떡 하나 주면 안 잡아먹지요
했는데 그 아이를 먹었다

그 아이는 실종이 되어
부모님이 112에 전화를 했다
그러나 그 아이를 못 찾았다

그래서 제사상에 올렸는데
동물이 와서 말했다
제가 그 아이를 먹었어요
저를 용서해 주세요 제발

제가 다음부터 사람을 안 먹겠어요
그래서 그 아이 부모님이
그 동물을 구워서 먹었다

# 눈길

_ 김현

뽀득뽀득 눈길
건너편 공동묘지
마치 까만 지우개처럼
금방 닳아 없어질 것 같다

뽀득뽀득 눈길
건너편 공동묘지
마치 남극 펭귄처럼
추위를 이기려
옹기종기 모인 거 같다

뽀득뽀득 눈길
건너편 공동묘지
즐거웠던 기억
여기 두고 간다

# 공포영화

_ 김현일

나는 공포영화를 본다
매일매일 본다
부모님이 만든 공포영화를 본다

나는 무섭다
공포영화를 본다
더 이상 보기 싫다

공포영화가 끝났다
내 하루도 끝났다
공포영화는 내일도 본다

나는 숨는다
공포영화를 보기 싫다
공포영화는 끝나지 않는다

나는 매일 공포영화를 본다

# 한 생명의 탄생

_ 나유림

다 큰 강아지처럼 큰 엄마의 손과
갓 태어난 강아지처럼 작은 아기의 손
한 생명의 탄생이다

"찰칵찰칵" 소리
이 사진을 찍는 셔터의 소리다
감격스러운 소리이다

"응애응애" 아기의 울음소리
엄마는 감격스럽고
엄마의 품 안으로 쏙 들어온다

# 모닥불

_ 박두렬

모닥불은 활활 용광로처럼 뜨겁다
모닥불은 사람을 위해 죽지 않고
계속 활활 탄다

구름에 나무에 자신이 잿더미가
될 때까지 땔감이 되고 있다
나는 타고 있는 나무이다

너를 위해
나는 나를 죽이고 있다
하지만 너에겐 행복이 찾아오겠지

내가 잿더미가 된다면
하늘이 울겠지
너도 울겠지

# 승리

_ 박재훈

우리는 승리를 한다
경기를 하는 모든 사람들에게
승리는 달콤하다

오늘도 경기를 한다
우리는 황소 떼처럼 달려든다
오늘도 승리한다

오늘도 경기를 한다
상대는 같았다
이길 수 없었다
패배를 했다

다시 경기를 한다
패배를 할 것 같아 두렵다
우리는 그 두려움을 극복할 것이다
승리를 할 것이다

# 구름 속 세상

_ 박태현

패러글라이딩으로 하늘을 날아
구름 속으로 돌진했다
구름 속에는 새로운 세상이 있었다

구름 속 세상은 모든 것이 구름이지만
맛있는 솜사탕처럼 보인다
침이 솔솔 나온다

구름 속 세상에 음식의 맛은
솜사탕의 여러 가지 맛이다
구름 속 세상은 신기하다

# 상처

_ 박혜주

치이고 치여서
망가진 자전거
자전거처럼
오늘도 망가진 나
모두들 수고했어

내일은 오늘처럼
상처받지 않고
반짝반짝 웃을 수 있는
멋진 하루가 되길

# 하루살이

_ 송민섭

내 머리는 표지판
내 머리에 사람들은 포스트잇을 붙인다
내 고민을 알아 붙이는 것 같다

나는 하루살이
고민이 너무 많아 힘들어
픽 쓰러질 것만 같다

살기만 해도 돈을 내야 한다
생활비 빚
나는 돈을 내는 자판기이다

이제 그만 죽고 싶다
고민이 많은 하루살이

하루 살고 죽고 마는
나는 하루살이

# 화려함의 비밀

_ 원중도

여러분은 혹시 피에로를 아십니까?
사람들의 행복을 위해 또는
왕족의 기쁨을 위해 노력하는 피에로

그 피에로도 슬픔을 압니다
피에로도 장마처럼 울고 싶지만
피에로도 해처럼 웃고 싶지만

사람들의 행복을 위해
웃음과 눈물을 감추는 피에로
피에로의 화려한 옷과 머리로
오늘도 슬픔을 감출 수도 있습니다

# 등대

_ 유상열

나를 빛나게 해주는
너는 바로 등대
나를 빛나게 해주네

내가 잊혀졌을 때쯤
다시 나를 힘 나게 해준 너
너는 바로 등대 같아

바다 한가운데서
배의 길을 찾아주는
등대처럼

너도 나의 길을 찾아주는
등대와도 같아

# 다른 옷

_ 윤소영

사람들은 모두 다른 옷을 입고 있지
블링블링한 원피스 살짝 찢어진 청바지
가을과 잘 어울리는 알록달록한 치마까지

우리는 다 다른 생각을 하지
슬픈 생각 기쁜 생각 무서운 생각
사람들의 옷차림처럼 각자 다른 생각

꼭 다른 사람의 생각을 따라갈
필요는 없어…
우리는 우리만의 옷을 입고 생각하지

# 나 좀 꺼내 주세요

_ 이가인

고통의 가시덩굴 속
작은 희망 빛
이것이 보인다면
나 좀 꺼내 주세요

아무리 발버둥 쳐도
나갈 수 없는 늪처럼
아무리 두들겨 봐도
깨지지 않는 방탄유리처럼

나 혼자선 안돼요
나 혼자선 못해요
나 좀 도와줘요
이곳에서 나 좀 꺼내 주세요

깜깜한 사회 속에서
밤하늘에 떠 있는 별처럼
희망이 보인다면
나 좀 꺼내 주세요

# 노란 단풍

_ 이나경

노랑노랑 단풍잎이 휘날릴 때
강에서 보트 타는 가족들
혼자 보트 타는 여성분

아이들 같은 가족들을 보며
울부짖는 단풍잎
벤치 위 소녀에게 말한다

나도 사람이 되고 싶어
빨갛게 물들면 언젠간
다시 태어나겠지

# 만남

_이재정

돌 틈 사이로 아름답게
뚝뚝 떨어지는 물방울
우리는 그 앞에서 만났지

우리는 서로의 손을 잡아
서로의 반짝거리는 눈을
바라보며 천사처럼 웃겠지

아름다운 곳에서
우리는 서로를 봤지
그리고는 생각했지

당신을 만나서
정말로 다행이야
드디어 행복해졌어

# 갈림길

_ 이종혁

오는 길은 같으나
가는 길은 다른 곳
함께하는 시간이 끝나는
이곳 세상에서

다양한 사람들이
다양한 모습으로
만나고 헤어집니다

꿈을 갖고 헤어지는
사람들을 보며
오늘도 잘 가거라
인사합니다

달콤함처럼 기쁜 만남
쓰디쓴 커피처럼 슬픈 이별
다시 한 번 떠올리며
지나갑니다

# 마음

_ 정세영

답답하다 답답하다
나의 마음과도 같은 이 창문은
말라버린 감정 같은 덩굴에 둘러싸여
열어지지 않는 마음이 되었다

수 없이 이 덩굴들을 없애려 해도
계속 자라나는 덩굴 때문에
열어보다가 고장이 나버린 내 마음은

밝고 밝았던 내 마음은
이것에 치여 저것에 치여
다시는 되돌릴 수 없는
고장 난 마음이 되었다

어쩌면 이 사진만이
나의 기분을 알아준 것은 아닐까
이 고장 난 창문처럼
나의 마음도 고장 난 것은 아닐까

# 해지는 석양

_ 정준아

해지는 석양 하루가 지네
해지는 석양 한 해가 지네
우리는 다른 사람처럼
해돋이를 보러 가네

오늘 하루도 잘했어
올 한 해도 잘했어
내일도 오늘처럼
내년에도 올해처럼

해가 지면 앞이 안 보이지만
우리의 꿈은 앞뒤로 가기에 잘 보인다네
우리의 꿈을 향해 한 발자국씩 걸어가자

해지는 석양에 소원을 비네
해지는 석양에 꿈을 비네
우리는 꿈을 위해
앞서 나가는 미래의 희망

# 산책

_ 메타 지르

바람이 불어온다
산들산들
바람이 나뭇잎 사이를 지나간다

나뭇가지에 걸려있다
대롱대롱
달랑거린다 마치… 별처럼

배 두 척이 지나간다
출렁출렁
맑은 녹차 같은 강 위에

1학년 4반 |

개성 넘치는 친구들
재주 넘치는 친구들
그래서 수업 시간에
즐거운 웃음이 가득
열정이 샘솟던 4반

# 여행

_ 강은별

오늘 떠나요
파리로
파리하면 에펠탑
탑처럼 높은 에펠탑

항상 떠나요
이탈리아로
이탈리아 하면 콜로세움
오케스트라처럼 웅장한 콜로세움

함께 떠나요
여러 나라들을
새처럼 자유롭게 떠나요

# 네 덕분이야

_ 김은수


내 옆자리 친구는 장미같이 예쁜 친구다
깔끔하고 단정한 예쁜 친구다


내 앞자리 친구는 경찰처럼 멋있는 친구다
키도 크고 힘도 센 멋있는 친구다


그에 비해 나는 나뭇가지같이 초라한 아이다
나서지도 못하고 작기만 한 초라한 아이다


그때 멋있는 앞자리 친구가 나에게 말했다
'네가 있어서 고마워. 모두 네 덕분이야.'

# 하늘을 날다

_ 김하진

하늘을 날다
자유롭게 하늘을 날다
하늘하늘 평화롭게 하늘을 날다

구름에 앉다
푹신한 구름에 앉다
부드러운 솜 같은 구름에 앉다

항상 노력하다
뜨거운 열정으로 항상 노력하다
빨갛게 타오르는 불꽃처럼 항상 노력하다

나는 행복하다
항상 즐거운 나는 행복하다
나를 보며 웃는 너도 행복하다

우리 모두 행복하다

# 밤하늘의 전등

_ 나예슬

아무것도 보이지 않았다
눈앞이 깜깜했다
고개를 들어 위를 봐도
빛은 없었다

펑하고 터졌다
전등 같던 불꽃이
타오르고 또 타올라
밤하늘을 가득 채웠다

전등은 내게 속삭였다
빛은 어디에나 있다고
위로받은 내 마음도
전등처럼 펑하고 터졌다

# 여행

_ 박한은

늘 보고 느끼던 환경이 아닌
처음 느껴보고 보는 미지의 곳

예쁜 풍경이 비치는 강
배를 타는 연인들

늘 나를 따라오던
책임감이 아닌 편안함을 느끼며

철창에서 탈출한 새처럼 미소를 짓는다

# 아무도 찾지 않는다

_백준우

아무도 찾지 않는다
그 누구도 나를 찾아오지 않는다
가족도 친구도 그 흔한 참새도

나는 지금 너무 춥다
그리고 너무 쓸쓸하다
마치 얼음으로 얼어붙은
얼음의 성처럼

난 너무 원망스럽다
날 너무도 슬프고 외롭고
춥게 만든 죽음이

내 묘비 위에는 계속 눈이 쌓여만 간다
마치 나의 원망과 상처와 같이
나는 지금 너무 춥고 외롭다

나에게 불과 같던
내 가족이 없기 때문이다
나는 너무너무 춥다
나는 외로움과 같다

# 시간 절약

_백진석

우리는 시간을 잘 쓴다고 생각할까
우리는 보통 '나중에'란 말을 쓴다

우리는 나중에라는 말을 쓸수록
점점 시간을 허비하게 된다

시간을 많이 허비할수록
미래는 칠흑같이 어두워진다

하지만 지금부터라도
시간을 절약하면

가로등 빛처럼 캄캄한 어둠을
빛으로 비추어 주지 않을까

# 조그마한 희망

_ 서경원

하나의 나라
가시 같은 철조망으로 나누어진
하나의 나라

언젠간 혹시 모를
기대감에 우리는
조그마한 희망을 가진다

마치 대한민국처럼
우리는 희망을 가졌다
조그마한 희망을 가졌다

# 자유

_ 송하은

몸이 하늘로 붕 뜬다
구름처럼 내 마음이 붕 뜬다
모든 것을 다 잊고 자유롭게
저 하늘을 날아다닌다

구름이 나를 보며 웃는다
패러글라이딩도 나를 보며 웃는다
나도 웃는다

하늘이 넓다
내 시야도 넓다
내 마음도 넓다

나는 자유롭게
하늘을 파헤치며
수영을 한다

# 사랑하는 석양

_ 신유찬

가지 마시오 가지 마시오
그대 없음 어찌 살아

붉게 타는 그대처럼
내 마음도 붉게 타네

어찌하오 어찌하오
아무리 닿을 수 없는 그대한테

하늘 향해 손을 쥐락펴락
이것 또한 못 잡으니

이것 또한 매력이고
이것 또한 사랑이오

# 철조망

_ 안정민

내가 철조망을 넘기 힘들 듯이
나의 꿈을 이루기도 힘들다

철조망을 넘는 것처럼
가지기 힘든 나의 꿈

아무리 노력해도
가지기 힘든 꿈

# 꿈의 터널

_ 엄민섭

스멀스멀 기운이 느껴진다
귀신의 집 입장
빨리 나가자

귀신의 집에는
누가누가 살까?
빨리 나가자

저기만 나가면
귀신의 집이 끝이다
빨리 나가자

저기 빛이 보인다
열심히 노력하면
빛이 보일 수도…

# 나무의자

혼자 있는 나무의자
울고 있는 나무의자

그 날 나무의자는
왜 울고 있었을까

다음날 그 나무의자는
멀리 떠나 사라졌다

너 같은 나무의자
내 유일한 친구

잘 가
내 친구

# 춤추는 그림들

_윤가영

빨강 노랑 초록 파랑
여러 가지 색깔을 가진
그림들이 춤춘다

빨강 노랑 초록 파랑
그들은 마치 신호등 크레파스
물감처럼 예쁘다

오색빛깔 사람들은
즐거워 보인다
보는 나도 즐겁다

# 터널

_ 이동재

터널은 인생
길을 가다 보면
터널이 나오지

빛이 비치다
어둠이 걸어온다
난 절망에
빠졌다

절망이 너무 깊다
포기하고 싶다
어떻게 하지?

그때 다시
빛이 나에게
터벅터벅
걸어온다

나에겐 희망이 있다
고비가 있어도
포기하지 마라

언젠가 행복이 온다
터널은 인생이다
인생은 터널이다

# 세계시각

_ 이승현

시간이 가고 있다
재촉이는 시계 소리가
나의 신경을 건드린다

촉박하다
다른 나라는 각각
9시와 13시를 가리켜도
여기는 15시를 가리켜야 된다

시간을 잠시 멈춰서라도
시간을 되돌려서라도
시간이 느린 나라로 가서라도
이 촉박한 시간을 달래고 싶다

하지만 시간은
아무도 기다려주지 않는 것이
우리의 현실이다

# 시간

벽에 시계 무게를 달다
같은 모습 다른 내부


시계 방향에 화살표를 달다
각 시계에 바늘이 세 개 있다


모든 시계가 계속 돌아간다
그들은 수백 명의 사람들과 함께
그들 국가와 함께합니다


이제 각국마다 자체 시계가 있습니다
시간이 지날수록
모든 나라는 여전히 시간을 보낸다

# 나무의 삶

_ 이우주

나뭇가지가 자라
나무가 되겠지

나무도
생각이 발달하고
마음이 더 넓어지겠지

나무가
성장을 다 하면
생명체한테
산소라는 것을 기부해주겠지

나무도
수명을 다하면
하늘로 가는 길이 생기겠지

# 죄

_ 이철승

우리는 죄를 짓고 산다
인간은 죄를 짓고 산다

죄에는 대가가 뒤따른다
지금이라도 자신의 죄를
떠올리고 사죄하라

신이 웃는다
나도 웃는다
죄도 웃는다

깨끗이 씻을 생각에
초승달처럼 웃는다

# 터널

_ 이하영

삶을 살다 보면
힘들 때가 있다
마치 터널처럼

그 어둠은 나를
포기하게 만든다
마치 터널에 있는 나처럼

그 어둠을 이기면
터널 끝에 있는
포근하고 따뜻한 빛이
나를 반겨줄 거다
마치 엄마 품에 있는 것처럼

# 협동

_ 인시은

보기만 해도
힘이 난다
태양처럼 밝은
에너지 때문이다

힘들면
누군가와 함께
힘을 내자고
외치고 싶다

내가 힘내자고
하는 소리에
다른 사람도
힘을 냈으면 좋겠다

# 두근두근

_ 조민하

새로 산 여행 가방
짐을 싸기 시작한 나

여행을 간다
부푼 설렘 반
얼마나 재밌을까 기대 반

기대되는 여행
재밌을 여행

두근두근 설레는 나
두근두근 캐리어도
나처럼 설레겠지

# 상처

_ 현서연

손을 묶고 있다
상처를 묶고 있다
손가락 사이사이에서
상처가 보인다

상처가 보이지 않는다
마음의 상처이기 때문에
보이지 않는다

상처를 치료한다
아무도 모르게
상처를 치료하고
내 마음의 상처도 치료한다

내 상처를 치료해서
새로운 삶을 살 것이다

# 등대 같은 친구

_ 황기연

어부들의 희망은 등대
등대와 어부가 손을 잡는다

서로 돕자고 손을 잡았다
나도 친구랑 손을 잡았다

서로 돕자고 손을 잡았다
결국 나의 희망은 친구

친구가 등대 같다
항상 듬직한 등대

1학년 5반   |

늘 해맑게 웃는 친구들
궁금한 게 많은 친구들
그래서 수업이 시작되면
질문과 대답이 줄줄이
호기심이 넘쳐나던 5반

# 푸른 바다

_곽도희

끝이 보이지 않는
넓고 푸른 바다 위
하얀 요트 하나가
외로움 같다

구름 한 점 없는 하늘 아래
친구들과 달리고 있는 바다 위
외로움이 바람과 같이
사라지고 있다

요트가 멈추고 푸른 바다에
내 모습이 보인다
친구들이 옆에 있어 줘서
해님처럼 밝게 웃고 있다

# 등대

_ 김계윤

반짝반짝
공허한 밤바다를
밝히는 등대
너처럼 환하다

휘익휘익 공허한 밤바다를
이리저리 보는 등대
등대는 너의 눈이다

묵묵히 공허한 밤바다를
이리저리 밝히는 등대
너의 마음도 밝힌다

# 여행가는 길

_ 김다엘

비행기가 난다
구름을 가로지르며 빠르게

비행기가 내게 말하는 것 같다
해가 좋네! 비행하기 좋은 날씨야!

지금 이 날씨처럼
나의 여행일도 내내 밝기를

나는 나는 여행가는 길에
언제나 생각한다

# 둠칫둠칫

_ 김승현

둠칫둠칫 춤을 추자
친구들아 춤을 추자
벽에 구려진 그림처럼
둠칫둠칫 춤을 추자

둠칫둠칫 춤을 춘다
동무들도 춤을 춘다
재미있게 춤을 춘다
둠칫둠칫 춤을 춘다

둠칫둠칫 춤을 추자
모두모두 춤을 추자
마지막까지 춤을 추자
둠칫둠칫 춤을 추자

# 나의 일기

_ 박예진

터널은 깊고 넓은 내 마음속
터널은 어둡고 두 갈래의 내 마음속

아무리 우울하고 절망적이어도
긍정적으로 생각하면
분명 밝은 출구가 있다고

터널은 내가 체험한
나의 소중하고 중요한 경험

안 좋은 일 속에도 분명
좋은 일이 있다고
터널이 내게 말해주네

# 패러글라이딩

_ 박정현

하늘색 도화지 같은 하늘
그 위에 있는
하얀 솜 같은 구름
그 위에 비행기처럼
둥둥 떠 있는 나

그 넓은 하늘에 있는 공허함
나를 위해서 내려다보는 듯한
강렬한 패러글라이딩
밑을 보는 무서움

자유를 가진 것처럼
이리저리 날아다니지만
왠지 모를 공허함과 무서움이
내 주변에 빙빙 돌아다닌다

# 너

_ 백민준

너란 녀석
왜 그렇게 좋을까?
네가 천사같이 예뻐서?

너의 미소는
나의 행복이다
행복이란 이런 걸까?

오늘 정말 좋다
네가 있어서

# 둘만의 대화

_ 서태웅

둘만의 대화가
그림처럼 느껴진다

둘만의 대화를 질투하듯
종이컵은 대화를 막는다

연인들은 대화가 통하지 않자
황당함을 느낀다

종이컵은 사람의 마음을
질투하는 욕심쟁이이다

# 진정한 친구

_ 서한봄

친구야
늘 내 곁에
가족처럼 함께 해줘서
고마워

친구야
늘 내 곁에서
깔깔깔 웃게 해줘서
정말 고마워

어?
행복해하는 소리 들리지 않아?
이 소리는 너와 함께 있어서
들리는 소리 같아

앞으로 쭉–
웃게 해줄 수 있겠니?
언제나 너를 믿고 응원할게

# 나의 직업

_ 성연서

곱슬곱슬 무지개색 가발
알록달록 아름다워
사람들에게 즐거움을 주고 있어

우스운 표정의 어릿광대
어릿광대의 표정은
사람들에게 즐거움을 주고 있어

어릿광대의 핑크색 옷처럼
예쁜 꿈을 가지고 있는 아이들
어릿광대는 힘들어도 즐거워

웃고 있는 아이들을 보면 힘이 나
나의 직업은 어릿광대
사람들에게 즐거움을 주는 직업이지

# 나는 동상

_ 송수호

나는 움직일 수 없다

왜 움직일 수 없지?
나는 그것에 대해 생각한다

나는 왜 만들어졌을까?
나는 또 그것에 대해 생각한다

나는 왜 생각밖에 못 할까?
나는 그것이 궁금해 생각한다

앗!!
또 생각하고 있구나

# 녹슨 열쇠들

_ 송희경

열쇠를 찾았다
열쇠를 걸어뒀다
열쇠가 녹슬었다

열쇠의 이름표는
떨어진 지 오래다
열쇠의 색이 다 바랬다

열쇠고리도
모양이 제각각이다
열쇠가 부러질 것 같다

어디선가 들려온 말
너만 그런 거 아니야
여기 모두가 그래

# 비행기와 하늘

하늘처럼 날고 있는 비행기
비행기는 바람 타고 난다

비행기는 기분 좋게
날고 있는 비행기
비행기는 따뜻하게
가고 있는 비행기

비행기와 하늘은 자연이다
공기는 비행기를 따라
하늘을 깨끗하게 해준다

# 불꽃놀이

_ 오윤주

하늘에서 터지는 불꽃
마치 꽃처럼 활짝 피었네

아주 예쁜 하늘 꽃 덕분에
옆에 있는 궁전이 빛나네

공주가 살 법한 궁전
백마 탄 왕자님이 살 법한 궁전

저 창문 어디선가
아름답고 예쁜 꽃을 보고 있겠지

# 거대한 보물 상자

_ 이혜빈

바다는 보물 상자
거대한 보물 상자
끝없이 펼쳐진
푸른 도화지를 품고 있는
거대한 보물 상자

바다는 보물 상자
거대한 보물 상자
수많은 산호들과
물고기를 품고 있는
어머니 같은 거대한 보물 상자

바다는 보물 상자
거대한 보물 상자
질풍노도 시기의 청소년들 마음처럼
잔잔하기도 하고 거대하기도 한
바다는 거대한 보물 상자

# 하늘 같은 행복과 웃음

_ 임건희

좋은 일만 있어서
행복한 게 아니야
웃으면 행복하지

하늘하늘 넓은 하늘처럼
입 크게 웃어보자
너도 모르게 행복해질 거야

파랗고 이쁜 하늘처럼
너도 입 크게 웃어봐
하늘과 같이 이쁜 얼굴이 될 거야

거울을 봐봐
네가 웃을 때 얼마나 이쁜지
행복하든 불행하든 항상 웃어봐

그럼 너도나도

모두가 함께 행복할 거야

마치 넓고 푸른 하늘처럼

# 표지판

_ 임채연

복잡한 머릿속
마치 표지판 같다
어지러운 마음
마치 표지판 같다

어떻게 보면 복잡하지만
다르게 보면 간단하다

내가 사는 생활 속
여러 길을 알려주지만
내가 사는 사회 속
여러 꿈을 알려주지만

귀를 기울이지 않으면
알 수 없는 표지판
자세히 보지 않으면
보이지 않는 표지판

칠흑 같은 어둠 속
한 줄기 빛처럼
나에게 길을 알려주는
따뜻한 표지판

# 그래도

_ 장서현

오늘도 생각해본다
다시 일어설 수 있을까?
망가진 자전거의 부품은
망가진 퍼즐이다

그래도 괜찮아
다시 일어설 수 있어
벽을 잡고 일어나려 해보지만
와장창 쾅당 더 망가졌네

오늘도 생각해본다
망가진 자전거처럼
망가진 사람의 마음처럼
고칠 수 있을까

# 친구가 있어 행복해요

_ 조성진

우리처럼 행복하게 웃는다
어른이든 어린아이든

친구가 있어 나도 웃을 수 있고
너도 웃을 수 있다

친구는 중요하다
마치 우리 인생처럼

친구는 보물 같은 거다
마치 우리 인생처럼

# 자유

_ 조율찬

자유는 뭘까
자유는 희망
자유는 전쟁을 끝내는 열쇠

자유는 꿈
자유는 자신의 꿈과 미래를
결정하는 열쇠

자유는 뭘까
자유는 만질 수 없는
공기 같은 것

자유는 벽
자유는 우리를 보호하는 벽
자유는 좋은 건가 나쁜 건가

# 쓸모 있는 열쇠

_ 조종현

우리의 인생은 열쇠다
인생은 살면서 나이를 들듯이
열쇠는 쓸수록 녹이 슨다

쓸모 있는 열쇠를
사람들이 자주 찾는 것 같이
우리도 좋은 열쇠같이 되자

우리도 열쇠처럼 좋은 인생 살고
사람들이 좋은 열쇠를 찾듯
우리도 좋은 사람이 되자

# 피에로와 아이들

_ 조한별

피에로를 보는
아이들은 행복하다
아이들은 보는
피에로도 행복하다

무지개 같은 머리카락
딸기 같은 빨간 코
아이들은 웃는다
피에로도 웃는다

아이들은 어른이 되어
피에로를 생각하겠지
피에로와의 행복했던 시간들
추억으로 되돌아온 것을

# 전등

_ 차은총

전등이 빛난다
밝게 빛난다
마치 우리의 꿈처럼
밝게 빛난다

전등이 빛난다
어둠 속에 빛난다
전등은 어두운 길을
밝게 인도한다

전등이 빛난다
유난히 빛난다
전등이 사람들을 도와
밝게 웃는다

# 잔디

_ 최도현

가족처럼 편안한 잔디
파릇파릇한 잔디

행복하고 자유로운 맨발과
편안하고 안정적인 잔디

구름처럼 포근한 잔디
자유로운 맨발

구름처럼 포근한 잔디가
자유로운 발을 감쌌다